SUPPLÉMENT

AUX

MÉDITATIONS

ET SOUVENIRS

DU

SPECTATEUR FRANÇAIS.

SUPPLÉMENT

AUX

MÉDITATIONS

ET SOUVENIRS

DU

SPECTATEUR FRANÇAIS,

PAR M. DELACROIX,

JUGE A VERSAILLES.

A PARIS,

CHEZ ARTHUS BERTRAND, LIBRAIRE,

RUE HAUTEFEUILLE, N°. 23.

1820.

RÉFLEXIONS

PRÉLIMINAIRES

DE L'AUTEUR.

———

QUE puis-je sepérer des pensées que je vais publier? rendront-elles plus calmes ces génies turbulens qui ne se plaisent que dans les agitations et les orages? donneront-elles de l'activité à ces êtres, presque inanimés, qui ne s'occupent que de prolonger leurs jouissances? ajouteront-elles un degré de lumière à ces sombres intelligence qui persistent à demeurer stationnaires au milieu du mouvement général qui entraîne tous les esprits?

Toute puissante que soit cette réflexion, elle n'arrête point ma plume. Un zèle, peut-être aveugle, me rend sourd à la voix de la raison, qui me crie de ne pas m'exposer à de nouvelles haines, à l'ingratitude de ceux qui m'ont censuré, parce que j'ai fait mes efforts pour les préserver d'une horrible catastrophe. Je marche toujours, semblable à un vétéran couvert de cicatrices, qui, en apprenant que sa patrie est menacée d'une nouvelle invasion, se saisit de son antique armure, se revêt de son vieil uniforme, et va se précipiter dans la mêlée, aux risques de ne rapporter dans ses foyers que de nouvelles blessures, et d'encourir le blâme de ceux qui comptent pour rien le sentiment de sa propre estime et l'impérieux devoir d'un véritable citoyen, auquel il n'est pas permis de demeurer oisif et silencieux dans un danger commun. Nous ne le dissimulons pas, il en est un réel, mais ce n'est pas celui qu'on s'efforce de grossir pour nous faire prendre le change, le véritable existe dans cette haine farouche qui conspire contre la royauté, qui a vu d'un œil tranquille répandre le sang d'un des héritiers de la couronne, qui calomnie ceux qui devaient le précéder, en leur prêtant la criminelle intention de faire un jour asseoir

le despotisme sur le trône , de l'envi-
ronner de l'intolérance et de la supersti-
tion , de lancer la foudre sur cette Charte
qu'ils ont juré de maintenir. Hélas! cette
loi, si précieuse aux Français, a d'autres
ennemis; mais ils se sont tellement mis à
découvert, ils ont affiché avec tant d'orgueil des prétentions si insultantes pour le
peuple , qu'ils ne sont plus à craindre ;
un seul regard du prince a plus d'une fois
dissipé leur confiance , fait évanouir leur
espoir , étouffé leurs murmures et les a
concentrés dans leur impuissante vanité.
C'est donc contre les actifs adversaires de
la monarchie qu'il faut diriger toutes nos
forces, toute notre surveillance. Soyons
bien convaincus que tous les moyens leur
paraissent légitimes , s'ils les conduisent
à leur but; la main d'un assassin contre
le porteur d'un mot d'ordre , dont ils
s'emparent pour jeter la confusion dans
la force armée; la menace d'une disette
prochaine pour élever le prix des denrées
et faire naître les séditions ; des soupçons
odieux répandus sur des mesures de pru-

dence ; les calomnies les plus absurdes contre de zélés protecteurs de cette liberté qui n'a pas de plus redoutable ennemi que la licence.

SUPPLÉMENT

AUX

MÉDITATIONS

ET SOUVENIRS

DU

SPECTATEUR FRANÇAIS.

~~~~~~

EXHORTATIONS

DU SPECTATEUR A SES CONCITOYENS, POUR LES PRÉSERVER DES ALARMES QU'ON S'EFFORCE DE LEUR INSPIRER.

———————

Nous avons peine à concevoir par quelle fatalité une multitude de génies prophétiques s'est tout-à-coup élevée au sein de la France pour souffler l'épouvante et le trouble dans les départemens. C'est dans le moment même où la capitale est le moins agitée, où elle se repose tranquille sur les promesses de son Roi, sur la sagesse de ses lois, sur le crédit national, sur
~~~~~~

la fidélité de ses magistrats, que ces esprits in-
quiets affectent de paraître effrayés et répan-
dent des alarmes.

Combien j'ai été abusé, lorsque je me flat-
tais que la loi, après laquelle nous soupirions
depuis si long-temps, et qui devait mettre un
terme à toutes les haines, à toutes les ambi-
tions, serait un port assuré contre de nouveaux
orages! J'entends journellement des cris d'a-
larmes : on répète à chaque instant les mots
d'abîmes, de gouffres prêts à s'entr'ouvrir, de
volcans, dont l'explosion nous menace, de
trônes qui s'ébranlent, d'invasion prochaine.
Si l'on ajoute foi à toutes ces clameurs, toutes
les propriétés sont en danger, les fortunes les
plus légitimes sont menacées. Lorsque je veux
découvrir la cause de ces terreurs, je ne vois
que des fantômes, qu'une insigne mauvaise foi
fait apparaître à la multitude, pour la suspendre dans un état d'hésitation et d'anxiété, et
retirer quelqu'avantage de son trouble. Ici ce
sont des journalistes qui, semblables à ces Es-
culapes ambulans, effraient une populace cré-
dule de maladie imaginaire pour débiter plus
rapidement leur antidote, qui n'est souvent
qu'un poison. Là, d'avides agioteurs, dont la
fortune croît et décroît avec la fluctuation du

crédit public, sont toujours actifs à préparer des chances favorables à leurs intérêts ; plus loin, des hommes voudraient à tout prix voir renaître la discorde et des guerres sanglantes, comme si la paix était pour eux un élément où ils ne peuvent pas vivre. Combien elle est impuissante la voix de la raison, lorsqu'elle s'adresse à des êtres qui ne veulent voir qu'eux dans la nature, qui s'obstinent à se croire malheureux, parce qu'ils n'ont pas toutes les jouissances, tous les honneurs, tous les titres qu'ils ambitionnent, pour lesquels la prospérité de quelques individus privilégiés, est un continuel supplice. Je vois aujourd'hui ma malheureuse patrie, à peine délivrée du joug de l'étranger, en proie à des divisions, qui ont fait succéder une guerre intestine à celle que l'esprit de sagesse avait étouffée. Les champions de tous les partis ne manquent ni de talent, ni de zèle, ni de confiance en leurs forces ; il n'est qu'un vœu à former pour les témoins de leurs combats, c'est de les voir plus animés du bien public et du seul désir de faire triompher la justice, de préférer la simplicité de la raison aux subtilités du raisonnement, de ne jamais chercher à dominer la loi en feignant de lui rendre hommage, de ne plus s'opposer à sa perfection, à sa solidité, sous prétexte de la préserver de toute atteinte.

Je n'aime point à revenir sur les sujets que j'ai déjà traités. Je me suis permis, dans un entretien du Spectateur français sous le gouvernement de Louis xviii, de tracer à un nouveau député la marche qu'il devait suivre pour remplir avec honneur la mission dont il venait d'être chargé. J'ajouterai ici quelques réflexions à celles que j'ai présentées.

Qu'est-ce qu'un député? C'est un homme investi de la confiance des électeurs qui l'ont honoré de leurs suffrages ; ils n'ont dû les accumuler sur lui, que parce qu'ils ont pensé qu'il porterait dans l'auguste assemblée, où il siégerait, une ame franche et pure, inaccessible à toute passion, à tout esprit de parti, qui n'aurait en vue que le bien public, qui ne chercherait point à captiver la faveur des ministres, encore moins à conquérir cette popularité que l'on obtient souvent en s'éloignant des principes de justice et en se montrant un propagateur des systèmes les plus contraires à l'ordre social, qui ne ferait jamais un mauvais usage du don de la parole, et préférerait un silence attentif, duquel émanerait une opinion saine, au triste avantage de briller un moment par l'éclat d'une fausse éloquence, qui, dédaignant ces dénominations de ministériel, de libéral, d'*ultra* royaliste, ne s'attacherait à discerner, dans les propositions soumises à ses délibérations, que le juste et l'injuste, qui opposerait toujours une résistance invincible à tout ce qui serait contraire à l'équité, qui donnerait toujours l'exemple de la soumission à la loi en s'interdisant toute improbation à ce qui aurait été décrété par la majorité, quand bien même il eût été d'un avis contraire, qui signalerait son indépendance en se rangeant successivement du côté de ceux qui lui sembleraient marcher dans la ligne de la justice. C'est à cette fermeté de caractère que je reconnais un digne député. Peu m'importe qu'il ait de la chaleur, qu'il ne sorte de sa bouche que des phrases sonores, des comparaisons brillantes, je ne lui demande qu'une indignation courageuse contre tout ce qui mérite d'être réprouvé, qu'une noble assurance pour le maintien de la loi, que le peuple voye en lui un athlète, lorsqu'il s'agit de ses droits légitimes, qu'il soit le bouclier de la prérogative royale, tant qu'elle ne dépasse pas les limites de son autorité. C'est en se montrant sous cet aspect honorable que, redouté des pervers et respecté des puissances, il se fortifiera de l'estime publique et que ses adversaires même, n'oseront pas lui manifester de la haine.

Combien sont loin de se présenter sous une attitude aussi imposante ces ardens improvisateurs, toujours disposés à s'élancer à la tribune pour réfuter ce qu'ils n'ont pas encore entendu, qui, sans s'inquiéter d'échouer dans leurs amendemens, ne sont occupés que de l'effet que produira dans le public leur opiniâtre résistance. Quelques-uns d'entre eux ne craignent pas de compromettre la dignité de leur caractère, en se mêlant à la foule des journalistes, en prenant part à leurs spéculations mercantiles, pour dispenser à leur gré la louange ou la censure sur leurs collégues, pour donner aux opinions favorables à leurs systèmes tout le développement qu'ils jugent nécessaire, tandis qu'ils obscurcissent et mutilent celles qui leur sont contraires. C'est pourtant à l'aide de cette tactique qu'ils mettent en effervescence des lecteurs, qu'il n'est que trop facile d'égarer, qu'ils parviennent à conquérir des suffrages pour l'avenir dans les assemblées électorales et regagnent en argent ce qu'ils perdent en estime.

Quand viendra-t-il le temps où ceux qui se prétendent les représentans de la nation ne se

montrerontanimés que de ses intéréts, n'auront
d'autre émulation que celle d'étendre sa gloire,
de la préserver de toute injustice, de la soulager de toutes charges surperflues, de ne pas
lui rendre onéreuses les faveurs que l'intrigue
sollicite sans cesse, et souvent avec succès, où
ils rechercheront, non pas avec l'œil de l'envie,
mais avec celui de l'équité, l'emploi des deniers
publics; où ils ne se présenteront plus dans une
attitude hostile vis-à-vis les agens du Gouvernement; où ceux-ci pourront, avec la sécurité
d'une conscience irréprochable, leur déve-
lopper l'usage qu'ils ont fait des fonds mis à leur
disposition; où la pureté des intentions, lorsqu'elle sera évidente, servira d'excuse aux faux
calculs, et même à des spéculations erronées,
et mettra toujours en harmonie la puissance
royale avec celle qu'on décore du titre de sou-
veraineté nationale? Eh! qu'importe laquelle
est la première, si toutes deux n'ont pour
objet que le bonheur et la gloire de la patrie,
et pour guide que cette raison inébranlable,
dont l'esprit de subtilité et de sophisme s'efforce d'obscurcir la vive lumière. Que pouvait
désirer de plus le peuple français pour régula-
riser toutes ses demandes, pour consolider tous
ses droits, pour légitimer toutes ses réclama-

tions, qu'une loi constitutionnelle présentée par le monarque, acceptée par la nation, et qui ne doit recevoir de modifications que du consentement et par le concours des puissances contractantes? Un seul mot doit calmer l'effervescence de cette multitude qu'on veut sans cesse agiter. La loi est là, elle est sous la sauve-garde de vos défenseurs élus par vous, que vous avez revêtus du pouvoir de parler en votre nom, de contre-balancer l'autorité royale. Si la majorité de ces citoyens, qui sont vos organes, pense qu'une proposition émanée du trône nuit à vos droits, elle sera rejetée; si elle juge, au contraire, que loin de vous être nuisible, elle vous est favorable et consolide le pacte social, elle sera acceptée. Vous n'êtes pas sans doute assez déraisonnable, pour prétendre que, dans une délibération, la minorité doit l'emporter sur la majorité. Si tel devait être un jour votre aveuglement, une troupe de novateurs vous replongerait dans l'anarchie, et il n'y aurait plus de loi que celle de la force, et d'autre autorité que celle des armes. Vous n'avez pas encore oublié quel est le résultat d'un aussi étrange système. Si les règles de la raison, si les leçons de l'expérience, ne peuvent vous fixer dans le calme et vous faire repousser avec indignation tous les agitateurs, il faut vous abandonner à votre malheureuse destinée.

Qui que vous soyez, ô vous qui lirez ce discours! demeurez bien convaincus qu'il est inspiré par le seul amour du bien public, qu'il vous est adressé par un écrivain étranger à tout esprit de parti, qui, dans le cours de la révolution s'est toujours montré le protecteur du faible, l'ennemi des pervers, qui a bravé leur épouvantable autorité, pour préserver la France du plus horrible forfait, qui après avoir étudié, approfondi toutes les Constitutions, en a démontré les imperfections et les vices, dans l'espoir d'éclairer ceux qui se proposaient d'en créer une nouvelle, qui n'a pas dissimulé les dangers auxquels on s'exposait en voulant s'élever à un bien idéal, auquel la faible humanité ne pourrait jamais atteindre. Accablé aujourd'hui sous le poids des années, épuisé par l'ardeur d'un zèle trop souvent infructueux, il ne peut plus offrir à ceux qui veulent bien lui prêter quelqu'attention, que les conseils de son expérience. Successivement avocat, publiciste, magistrat, créancier de l'état, l'un des principaux actionnaires de la Banque de France, il a vu, sans murmurer, la loi lui retirer le titre d'électeur. Il l'a été trop souvent pour ne pas connaître par quels moyens l'intrigue parvient à l'honneur de l'élection. Combien de fois n'a-t-il pas été témoin de ces menées sourdes, de ces conciliabules mystérieux, où des insinuations douces et perfides avaient pour objet de se concilier des suffrages, ou de paralyser ceux qui se dirigeaient sur un rival dont on redoutait l'influence. Quelle impatience ne lui ont pas fait éprouver ces impétueuses interruptions, si souvent multipliées pour se parer aux yeux d'une nombreuse assemblée des dehors d'un beau zèle. Qu'il me soit donc permis d'exprimer mon sentiment sur un sujet auquel je ne porte aucun intérêt personnel. De quelques individus que soit composée la Chambre des députés, mon existence, ma fortune sont indépendantes de sa puissance. J'ai encore trop bonne opinion de l'esprit public pour craindre qu'elle acquière jamais assez de force pour ébranler le trône et détruire les articles fondamentaux de notre Constitution; mais ce qui intéresse essentiellement tous les bons Français, c'est que la majorité de cette Chambre, qui adopte ou rejette une proposition royale, ne soit pas altérée dans sa pureté par l'aggrégation de nouveaux élus, que l'intrigue et l'esprit de discorde y introduiraient. Voilà la grande et peut-être l'unique pensée qui devra bientôt occuper les colléges électoraux, quelle que soit d'ailleurs leur composition. Quant à présent, je me contenterai de dire que si le projet, sur lequel l'assemblée va délibérer, paraissait le plus propre à faire sortir le véritable vœu national à l'époque du renouvellement commandé par la Charte, que s'il faisait concourir à cette importante prérogative un plus grand nombre d'électeurs, s'il prévenait plus sûrement le trouble, le tumulte inséparable des trop nombreuses assemblées, s'il abrégeait la durée des ces séances, en écartait l'ennui, le découragement et la lassitude, dont une artificieuse persévérance sait trop habillement user pour arriver à son but; ce serait, n'en doutez pas, ce mode d'élection qu'il faudrait adopter. Plus l'esprit de parti manifestera de chaleur, d'emportement pour le combattre, plus il en faudra conclure qu'il est contraire à ses funestes projets, et qu'il est de l'intérêt de la société qu'on lui imprime force de loi.

Vous voyez, honnêtes et bons Français, qui êtes appelés, en raison de l'étendue de votre fortune, à remplir le devoir d'électeur ou celui de député, que je ne cherche pas à vous séduire par de grandes images; je n'emploie avec vous que le langage modeste et simple de la vérité, malheur à ceux qui se laissent diriger par un autre. Gardez-vous surtout de vous livrer à ces terreurs de l'avenir, dont on veut troubler vos esprits. Ceux qui vous crient le plus fort que la loi est violée, qu'elle est en péril, ressemblent à ces incendiaires qui, après avoir jeté des brandons enflammés dans une récolte, s'enfuient en appelant du secours, pour écarter le soupçon d'être eux-mêmes les auteurs du dommage.

DE LA PUISSANCE ROYALE.

SIGNES AUXQUELS UN ROI PEUT RECONNAÎTRE SES SINCÈRES AMIS.

On ne voit, à l'époque où nous sommes, que trop de gens porter envie à la puissance des rois. Si ce sont de mauvais princes, elle sera toujours trop étendue, quelques limites qu'on parvienne à lui donner ; mais s'ils avaient dans le cœur la bonté de Louis XII, l'affection franche et paternelle d'Henri IV. Quand cette puissance n'aurait d'autres bornes que leur volonté, elle serait encore trop limitée. Et en effet, investissez le chef d'un état de l'autorité absolue d'un sultan, d'un empereur de Maroc, environné de Janissaires si aveuglément soumis, qu'un seul mot sorti de sa bouche puisse faire voler mille têtes; quel usage en fera-t-il avec l'ame religieuse de saint Louis; il sera pauvre, à quelque hauteur que s'élève la masse de son trésor, si plusieurs millions de ses sujets condamnés à l'oisiveté, sont privés du salaire nécessaire à leur subsistance, la source de ses richesses sera bientôt tarie, si des inondations subites ont enlevé aux laboureurs leurs moissons; si le ciel inflexible a refusé aux champs les pluies qui les fécondent, si des maladies contagieuses ont enlevé aux laboureurs leurs troupeaux; si l'agriculteur, victime des orages, loin de pouvoir payer son impôt, a lui-même besoin de secours pour ensemencer ses terres.

L'envieux, dans sa stupidité, éprouve un sentiment pénible, parce que le monarque qui passe devant lui, est emporté dans un char avec la célérité de l'éclair par huit coursiers blanchis d'écume. Qui lui a dit que ce potentat qu'il croit si heureux, ne lui a pas lui même porté envie en remarquant qu'il suivait sa route d'un pas accéléré et paraissait libre de tous soucis? Hélas! dans le moment où ce souverain lui semble si grand, si élevé, peut-être est-il absorbé dans de tristes pensées : il vient d'apprendre que

2

des chefs de manufactures ont fermé leurs ateliers et congédié une multitude de pères de famille qui vivaient de leur salaire ; les exposera-t-il au déshonneur d'une faillite, en exigeant qu'ils continuent de fabriquer des étoffes que le commerce ne leur demande plus. N'est-il pas à craindre que ces ouvriers désœuvrés, après avoir quelques jours lutté contre les besoins dont ils sont assaillis, ne fassent succéder aux plaintes, d'abord concentrées, les cris du désespoir, et ne laissent éclater les emportemens de la révolte. Alors sera-t-il réduit à faire donner la mort à ceux qui ne demandent que de l'ouvrage et du pain ? plus le trône d'un bon monarque est élevé, plus il a souvent à gémir des misères qu'il découvre et qu'il ne peut soulager.

On prétend qu'un superbe monarque s'est plaint plus d'une fois de n'avoir pas d'amis. Qu'elle fut juste ou injuste cette plainte, elle faisait toujours honneur à son cœur, elle démontrait qu'il avait le sentiment de l'amitié, et qu'il en éprouvait le besoin. Si un bon prince daignait me communiquer une semblable peine, je lui ferais connaître ses véritables amis. Ce sont ceux, lui dirais-je, qui ne sollicitent l'honneur d'approcher de votre personne, que pour s'assurer plus sûrement que la nature nous promet un

long règne, qui ne sollicitent ni pensions ni faveurs; mais s'efforcent, par leur zèle, de s'en
rendre dignes; ce sont les administrateurs qui
n'exigent rien qu'au nom de la loi et qui n'ac-
cordent de secours qu'au nom du prince; qui
ne vous dissimulent jamais la vérité, qui n'exa-
gèrent ni les actes de vertu, ni les fautes de leurs
administrés; ce sont les magistrats qui font
bénir votre justice dans leurs sentences, et tem-
pèrent la rigueur des lois par un équitable dis-
cernement, en se montrant indulgens pour les
faiblesses, et toujours sévères à l'égard des crimes;
vos amis, ce sont les chefs militaires qui ne s'occupent que de vous concilier l'affection du
soldat, en lui répétant que votre intention
est que la soumission à la discipline, la sobriété,
l'instruction et l'honneur, soient les principaux
titres à l'avancement et aux récompenses.

Vos véritables amis sont les députés qui
éclairent vos ministres sans les offenser, qui se
montrent plus jaloux de la gloire de votre
règne, que de leur renommée, dont la courageuse résistance a pour objet de vous épargner
des regrets pour l'avenir, et de faire chérir votre
gouvernement même à l'étranger qui viendra se
ranger sous nos lois; ce sont ceux qui en com-
battant même pour le succès des armes de la

république, n'eurent en vue que de repousser les ennemis de la France loin de la domination de vos ancêtres, et de la préserver de la honte de devenir sa proie :

Ce sont ces vénérables pasteurs des villes et des campagnes qui, loin d'exciter à la haine leurs dociles auditeurs contre les adorateurs du Christ qui diffèrent sur quelques points de leur pieuse croyance, leur donnent l'exemple de cette douceur évangélique qui fut un des beaux attributs de celui qui se dévoua à la mort pour nous rendre à la vie ; ce sont ceux qui loin de répandre des doutes sur la sincérité de la volonté royale, exprimée dans la Charte, font sans murmurer le sacrifice de tout ce qu'elle leur enlève, et reçoivent avec confiance tout ce qu'elle leur rend de sécurité pour l'avenir, ce sont ceux qui, loin de multiplier de fausses alarmes sur les propriétés légalement acquises, dissipent les craintes que la malveillance sème dans des provinces où la crédulité donne trop d'accès au mensonge. Si parmi vos lettrés, il en est qui réunissent la sensibilité de Racine à la touchante éloquence de Fénélon, mettent sous vos yeux des vérités telles que celles qui leur attirèrent une disgrâce qu'ils étaient loin de mériter ; appelez-les souvent près de vous et honorez-les de votre confiance. Ceux-là sont bien préférables à ces harmonieux flatteurs toujours disposés à encenser et à déifier toutes les autorités, quels que soient leurs titres.

La puissance royale qui n'a pour appui que la force des armes et une aveugle libéralité, est toujours précaire et fragile, mais lorsqu'elle est fortifiée par le respect qu'inspire la vertu, une équité ferme, une bienfaisance éclairée, elle s'agrandit, elle s'étend même au-delà de toutes les barrières qu'on a voulu lui opposer. Il arrive quelquefois à la puissance royale de tirer plus de force de son abaissement, s'il paraît inique; de sa persécution, si elle révolte la multitude, de tout l'éclat de la prospérité des armes. J'ai vu un moment où après un affront fait à la majesté royale, si Louis XVI eût profité de l'indignation de tous les bons habitants de la capitale, et des secours que lui offraient les départemens, il pouvait tout-à-coup s'affranchir de ses liens, et remonter à l'autorité dont l'assemblée constituante l'avait fait descendre : si donc nos deux chambres veulent conserver la part d'autorité qu'elles ont dans le gouvernement, qu'elles se gardent de paraître tenter d'usurper celle que la loi attribue au monarque, parce qu'alors ce peuple qu'on s'accorde à reconnaître pour le principe de tout pouvoir, indigné d'une ambition aussi criminelle, pourrait un jour dans l'exaltation de son amour et de sa confiance, investir le prince qu'elle chérirait d'une autorité semblable à celle que le peuple danois a déférée à son souverain, et qui n'a pas d'autre limite que celle que lui donne la sagesse du prince.

RÉFLEXIONS RAPIDES SUR UNE LOI TEMPORAIRE.

Tant que la question qui touche à la liberté individuelle s'est agitée dans les deux Chambres, il était peut être téméraire à un individu qui n'a pas l'honneur d'y siéger, de chercher à faire prévaloir son opinion. C'était trop présumer de sa raison et de ses talens que de se mêler à cette lutte de dissentimens divers, où l'éloquence a déployé toutes les puissances de la logique; mais lorsqu'une loi positive est sortie de cette longue et brillante discussion, il est permis à tout citoyen de la fortifier de son assentiment.

Peu importe à la question qui vient d'être résolue que l'exécrable Louvel ait eu, ou n'ait pas eu des complices dans le criminel projet qu'il a trop malheureusement accompli; il s'agit seulement de savoir si, à l'époque où nous sommes arrivés, il n'existe pas un grand nombre d'hommes dont l'ordre de choses actuel contrarie tellement les affections, les désirs ambitieux, ou les idées perverses, qu'ils nourrissent le projet de le renverser par les moyens les plus audacieux et les plus criminels. Or qui peut douter de cette vérité? Depuis même l'horrible attentat qui vient d'étendre sur toute la France un crêpe funèbre, n'est-il pas constant aux yeux de la justice que des individus dénaturés, loin de partager l'affliction générale, ont paru applaudir à sa cause; qu'il en est qui ont montré l'intention de l'aggraver: n'y eut-il que cet homme qui ôsat récemment, dans un cabinet de lecture, tracer sur l'une des feuilles du Conservateur le désir de voir périr tous les princes de la famille royale. Il faut s'être condamné à la solitude depuis deux ans, pour n'avoir pas entendu les vœux les plus révoltans sortir de la bouche de ceux qui devraient le plus chérir le chef du gouvernement, puisqu'ils sont redevables à sa sagesse de leur sécurité et même de leur bonheur. Ah! combien de fois il m'est arrivé de m'éloigner avec le sentiment de l'indignation de ces ingrats dont les blasphêmes me pénétraient d'horreur. Je le sais, il y a loin de ces sombres murmures, de ces vœux sinistres, à la trame d'une conspiration, à la réalité d'un régicide: mais la haine ne s'évapore pas toujours en paroles, et il n'est que trop d'ames téné-

breuses, qui après s'être long-temps familia-
risées avec l'idée du crime, le méditent, le con-
çoivent, et finissent par lui donner le jour. Sans
remonter aux Clément, aux Ravaillac, aux Da-
mien, avons-nous oublié qu'un des plus dignes
descendans de Gustave reçut le coup mortel de
la main d'un de ses courtisans dans une fête
brillante, au moment même où il se disposait à
venir au secours de Louis XVI, dont il se mon-
tra le plus fidèle allié.

S'il est des époques où une autorité prédo-
minante doive rapidement couper le fil d'une
conspiration, en arrêter les effets, c'est peut-
être celle où une grande révolution a fait fer-
menter tant de haines, tant de passions, répandu
tant de germes de révolte, et troublé tant de
têtes. Il est des fanatismes de plus d'un genre ; si
ce n'est plus celui de la religion, qui soit à
craindre, c'est celui d'une liberté qui ne veut
point avoir de frein, c'est celui d'une cupidité
insatiable de richesses, d'un orgueil qui souffre
à peine des égaux, qui ne veut être dominé par
personne : et nous sommes malheureusement
arrivés à cette époque d'immoralité, de corruption
et d'extravagance. Loin donc de considérer la
loi qui vient d'être promulguée, sous un aspect
orageux, je me plais à l'envisager comme une

sentinelle avancée qui nous préservera de la catastrophe la plus redoutable.

Si, ce que j'ai peine à croire, un citoyen irréprochable, un vertueux chef de famille devait être victime d'une odieuse délation, de l'erreur de trois ministres; j'ai tant de confiance dans la bonté du monarque, dans l'équité de son conseil, que j'ai l'intime conviction que, rendu bientôt à la liberté et à l'éclat de l'innocence, il recevrait un dédommagement de ses souffrances et de son isolément, au moins égal à celui que semblait lui promettre la sensibilité de ceux qui se sont fastueusement annoncés pour être les réparateurs des atteintes portées à la liberté individuelle.

CONSTERNATION

DES

HABITANS DE VERSAILLES,

EXPRIMÉE PAR LE SPECTATEUR. (1)

S'IL était permis à un simple Citoyen de Versailles, de se rendre l'organe de cette Cité qui
se rappelle avec orgueil qu'elle fut long-temps le
séjour des Rois, joserais adresser ces paroles au
Monarque que nous chérissons :

« SIRE, les Habitans de Versailles ont été
» pénétrés de la plus vive douleur à la nouvelle
» d'un forfait qui consterne tous vos fidèles su-
» jets : mais en les frappant d'horreur, loin de
» les abattre, il n'a fait que ranimer leurs sen-
» timens d'amour et de fidélité. Ils ne devan-
» ceront pas, par un faux zèle, votre volonté ;
» ils attendront dans le silence du respect,

____

(1) Cet oppuscule a obtenu de si honorables suffrages
que j'ai cru devoir le faire revivre dans un moment où
des sentimens si opposés se manifestent avec une audace
si scandaleuse.

» qu'elle leur soit manifestée ; mais alors leur
» soumission sera sans restriction , tant leur
» confiance est grande dans la sagesse de vos
» vues, dans le déploiement d'une autorité qui
» sera toujours paternelle. Ils ne se feront point
» honneur aux yeux de VOTRE MAJESTÉ, du
» deuil général qui s'est étendu sur toutes les
» classes d'habitans, lorsque les messagers d'une
» mort sacrilège leur eurent appris qu'un des
» Rejetons de votre auguste Dynastie était ravi
» à leur amour. Au même instant les riches ont
» fait divorce avec tous les plaisirs ; ils ont fait
» distribuer aux pauvres les apprêts de leurs
» festins ; l'artisan a fait, spontanément, le
» sacrifice de son salaire, pour s'enfoncer dans
» la douleur ; l'infortuné qui se croyait au
» comble du malheur, a été étonné de se trou-
» ver encore plus malheureux , et il a retrouvé
» des larmes pour une affliction dont le sujet
» était si loin de sa pensée.

» Les organes de votre justice plongés, dans le
» silence de l'abattement ont fermé le livre de
» la loi : vos fidèles guerriers , indignés de
» n'avoir pas été à même d'écarter le fer d'un
» assassin, rejettent leurs armes avec dépit , et
» les accusent d'impuissance ; les ministres des
» autels ne s'en approchent plus qu'en trem-

» blant ; leurs voix entrecoupées de sanglots
» ont peine à faire entendre leurs humbles
» prières ; ils semblent se demander par quel
» nouveau forfait la France vient d'attirer sur
» elle une si horrible calamité.....

» On n'entend plus sortir du sein de la mul-
» titude que cette exclamation touchante : Ce
» Prince que nous suivions avec tant d'empres-
» sement dans le noble exercice qu'il prenait
» sous nos yeux, dont nous aurions voulu mul-
» tiplier les plaisirs, nous ne le reverrons donc
» plus; il n'attirera plus à sa suite cette aimable
» Compagne dont la fécondité faisait notre espé-
» rance. Ah ! si nos vœux sont exaucés, un
» nouveau Rejeton renaîtra de cette Tige que
» le fer d'un régicide a frappée ! puisse-t-il
» bientôt adoucir la douleur d'une Princesse si
» digne d'une destinée plus heureuse ! Puissiez-
» vous, SIRE, le voir grandir sous vos regards
» paternels, pour reporter sur sa jeunesse toute
» l'affection que vous avait inspirée l'auteur de
» ses jours ! puisse-t-il ne fermer vos yeux que
» lorsque sa main pourra tenir avec fermeté
» le sceptre qui brille dans celle de VOTRE
» MAJESTÉ !

» Telle est, SIRE, le vœu le plus ardent
» d'une Cité qui ne se console d'être privé de

» la présence de son ROI, que par la convic-
» tion où elle est que la Capitale du Royaume
» ne lui cédera point en fidélité, en respect,
» en amour, et que sa PERSONNE SACRÉE y trou-
» vera une égide impénétrable aux traits de la
» perversité ».

HOMMAGE DU SPECTATEUR A L'AUTEUR DES MÉDI-

TATIONS POÉTIQUES.

Héritier de la lyre de Delille, prête-la moi pour
quelques instans; j'essayerai d'en tirer des sons
aussi mélodieux que ceux que ta touchante douleur vient de nous faire entendre ; peut-être,
nouvel Orphée, parviendrai-je à adoucir les
tigres, à rendre attentif à ma voix le lion farouche, la Discorde abaissant son flambeau,
je laissera s'éteindre. Déjà tu as su opérer un
prodige inattendu par tes chants plaintifs; des
pensées douces et mélancoliques ont succédé
aux agitations, aux emportemens qui divisaient
les cercles d'une cité orageuse, de tristes feuilles
ont été abandonnées aux insectes dévorans et le
goût délicat leur a préféré le parfum de tes fleurs.
Puisses-tu jouir long-temps de ce glorieux triomphe et le prolonger pour tous les amis de la
paix; que ton beau génie élevé au-dessus des

nuages, plane à nos regards comme cet éclatant signe d'alliance qui brille au firmament ; qu'il devienne le présage d'une union si vainement désirée par tous les bons génies ; qu'à ta voix, tous les mauvais rentrent dans les ténébreux abîmes que tu nous fais entrevoir. Alors nous nous plairons à errer avec toi dans ce vallon enchanteur où le fleuve de la vie s'écoule en serpentant avec grace : l'horrible désespoir dont tu nous a montré la hideuse image ne s'approchera jamais de nos âmes, l'espérance d'un avenir heureux viendra comme une rosée céleste rafraîchir nos cœurs trop long-temps desséchés par les blasphêmes de l'impie, et par les ardentes fureurs de l'anarchie. Ta récompense à toi, ange tutélaire de la France, sera de retrouver dans le ciel, dont la flamme qui t'anime, semble t'avoir rapproché, cette créature si pure qu'un impitoyable destin a ravie à tes brûlans désirs. Pourquoi gémirions-nous de ton malheur, puisque c'est à lui que nous sommes redevables de tes sublimes inspirations. Oui, je bénis ta douleur pour ces chants prophétiques, pour ces hymnes religieux, pour cette magnifique prière à laquelle mon cœur s'est uni : je la bénis, cette douleur pour les larmes qu'elle me fait répandre. Ah ! combien elle me paraît préférable à cette joie

profane qui prend sa source dans des voluptés
passagères et dans des jouissances matérielles !
Mais pourquoi ne tenterais-je pas de l'adoucir,
cette affliction qui flétrit ta jeunesse, qui assiège
tes veilles et t'enveloppe de ses ombres dans la
solitude. Celle dont tu déplores la perte, n'est
pas morte ; tout ce qui existait de précieux en
elle vit encore ; le trépas n'a point de prise sur
lui. Oui elle dort d'un sommeil doux et paisible,
dans le sein de l'éternité ; un jour viendra où,
soulagé de ce poids immonde qui t'attache à la
terre, cette sympathie qui est l'aimant de tous
les êtres sensibles, te dirigera vers elle : à ton
approche, elle se réveillera, et une union bien
autrement délicieuse que celle que tu te pro-
mettais, confondra vos immortelles existences
dans des jouissances aussi inaltérables que ce
principe créateur qu'il n'est pas plus donné à
l'homme de définir, qu'il ne lui est possible de le
nier avec la fermeté de la raison et la clarté de
l'intelligence. Celui-là seul qui dans sa sphère a
troublé l'ordre établi par le grand régulateur
des mondes, doit, pour écarter de lui les terreurs
de la justice divine, s'obstiner à méconnaître une
vérité dont l'évidence resplendit et le jour et la
nuit dans les cieux en signes éclatans : mais,
alors il ressemble à l'animal stupide qui ferme

ses yeux à la lumière, et ensevelit sa tête dans l'espoir insensé de devenir invisible, et d'échapper à la main qui va le frapper.

SUR LE DANGER DES FAUX AMIS.

On l'a dit il y a long-temps, d'imprudens amis sont quelquefois plus dangereux que de véritables ennemis : qui plus qu'un ancien prélat que nous nous abstenons de nommer, doit être pénétré de cette vérité ! il existait tranquille dans l'obscurité ; à peine se souvenait-on qu'il eût figuré dans l'assemblée constituante et qu'il fût membre de cette horrible convention qui s'érigea en tribunal de sang. Grace à son absence, s'il avait eu le malheur de manifester l'intention de devenir régicide, il ne l'avait pas été de fait : ses erreurs en politique, ses maximes perverses étaient ensevelies dans des journaux que l'indifférence pour les événemens passés ne daignait plus parcourir. Quelques amis de ce prélat éclipsé, se plaisaient à publier que, revenu à des sentimens religieux, il s'efforçait de se réconcilier avec le ciel, en s'approchant journellement des autels, en observant scrupuleusement les devoirs que l'église prescrit à son caractère dont il ne s'était jamais ostensiblement détaché.

Deux femmes célèbres (1) avaient élevé leur voix en sa faveur, et consigné son éloge dans des ouvrages récemment publiés : et voilà tout-à-coup, que sous le voile de l'amitié, des amis perfides l'arrachent à sa retraite, accumulent sur sa tête de funestes suffrages, se complaisent dans l'idée de l'amener en triomphe au milieu des députés de la Nation, sous les yeux du monarque qui ne pourra l'envisager qu'avec horreur, et s'obstinent, malgré la clameur publique, à le fixer au poste qu'ils lui ont assigné : ils l'exposent, par leur imprudence, à l'exclusion la plus ignominieuse qui puisse flétrir un Français.

Est-il maintenant au pouvoir de cette dangereuse amitié de réparer un aussi horrible dommage. Mais, qu'ai-je dit ! n'est-ce pas profaner le mot d'amitié que de l'appliquer à des hommes qui ne sont accessibles à d'autres affections qu'à celles du mal, qui immoleraient ce que la nature devrait rendre le plus sacré à leur intérêt personnel, au succès de leurs coupables vœux ? Non, ces hommes pervers n'ont pas d'amis, ils ne peuvent avoir que des complices; leur intimité n'est qu'une aggrégation des mêmes

____

(1) La baronne de Staël et lady Morgan.

pensées, des mêmes desseins; s'ils pouvaient ac-
complir à eux seuls tout le mal qu'ils projettent,
ils n'auraient pas d'affidés; c'est le besoin d'aide
et de secours qui les rapprochent les uns des
autres, qui les fait marcher de concert et s'ap-
puyer mutuellement dans leurs attaques et dans
leur résistance : s'ils entrevoient du danger à
paraître unis, ils se hâteront de s'isoler, de se
désavouer pour amis; ils iraient jusqu'à se per-
sécuter réciproquement, si cela était nécessaire
à leur conservation, ou les relevait de l'impuissance de nuire. C'est ainsi que nous avons vu
sous l'affreux règne du chef de la dernière révolution, ses premiers ministres se dénoncer,
s'accuser, se porter des coups et se détruire pour
survivre à la domination qu'ils avaient créée,
et qu'ils tremblaient de voir s'échapper de leurs
mains : tel est encore aujourd'hui le plan que
paraissent suivre les agitateurs. Hélas, les aveugles qu'ils sont ! ils ne prévoient pas que les
pierres qu'ils accumulent retomberont sur leur
tête, et que l'abîme qu'ils creusent avec une
active persévérance, doit finir par les engloutir.
Si elle ne devait pas avoir d'autre résultat, nous
serions bien éloignés d'en être effrayés; mais,
peut-être entraîneraient-ils dans le même gou-
fre d'insensibles témoins qui les voient d'un

œil indifférent miner le sol sur lequel pose leur fortune et leur existence. Heureusement pour eux, des hommes plus clairvoyans observent ces manœuvres pernicieuses, et sauront les arrêter avant l'explosion qui ébranlerait tout à coup, l'ordre social, et nous rejeterait dans le chaos de l'anarchie.

Ces vérités que j'aurais voulu pouvoir adoucir, seront vivement senties de tous ceux qui après avoir figuré avec quelqu'éclat à la plus imposante de nos assemblées, se condamnèrent à un bannissement volontaire pour éviter la mort qui les poursuivait, ou ne sont redevables de leur existence actuelle qu'à une captivité prolongée. C'est à eux qu'il appartient d'éclairer de leur expérience cette jeunesse toujours prête à s'élancer à la tribune, avec un zèle irréfléchi, pour combattre des opinions qu'elle a résolu de ne jamais adopter, parce qu'elles se trouvent en opposition avec ses systèmes. Se flatte-t-elle de remporter plus de triomphes que le jeune Barnave, de déployer une éloquence plus ferme, plus fortifiée d'érudition que le malheureux Thouret, de conquérir une estime aussi universelle, que celle dont parut jouir le modeste Bailly, avant qu'il eût abdiqué la dignité de maire de la capitale. Hélas ! de quoi leur ont

servi les nombreux suffrages qu'ils avaient re-
cueillis, l'enthousiasme qu'ils avaient excité ?
pas une voix ne s'éleva en leur faveur le jour où
ils furent condamnés. Des cris féroces les accom-
pagnèrent jusqu'au moment où la main du
bourreau les sépara de la vie. L'éloquent Mira-
beau n'eut pas lui même échappé à cette destinée,
si une mort précipitée ne l'eût enseveli dans
toute sa gloire.

Que de pareils exemples ne soient pas perdus
pour ceux qui sont assez aveugles pour préférer les éloges de nos fougueux démagogues à
l'estime paisible des sincères amis de la monarchie.

CAUSE DE L'INTERRUPTION DU SPECTATEUR.

Une loi impérieuse me force de suspendre le
cours de mes Méditations, pour aller m'asseoir à un tribunal redoutable. Qu'y verrai-je,
qu'entendrai-je ? Un général (1) qui après être
sorti sain et sauf de plusieurs combats, où il
a déployé autant d'intelligence que de courage,
était entré dans une carrière de gloire qui ne
coûte point de larmes à l'humanité, il en est

______

(1) Le général Lejeune.

tout-à-coup détourné, parce qu'un plomb meurtrier a fait tomber de ses mains le pinceau ma-
gique qui multipliait sur la toile les prodiges
de cet art qui rivalise de création avec la nature. Il faudra contempler, dans le calme d'un
doute religieux, l'accusé sur le quel plane le
soupçon du crime, recueillir toutes les paroles
qu'il opposera aux dépositions des témoins,
épier sa contenance, suivre ses efforts pour
écarter le glaive suspendu sur sa tête. Sa con-
damnation, si elle est prononcée, vengera la
société; mais elle ne lui rendra ni le guerrier
que la Patrie regrette, ni le peintre célèbre que
les beaux arts ont perdu.

Un procès d'un genre bien différent doit aussi
appeler toute mon attention. Un gendarme qui
depuis plus de vingt ans était l'effroi des criminels, qui les a conduits et fixés sur le banc
des accusés, va lui-même y figurer. Si l'on en
croit la voix publique, il a, dans une maison
très-habitée, en plein jour, donné la mort à une
prostituée qui avait captivé ses affections et ses
soins, il lui aurait enfoncé un instrument aigu
dont la pointe aurait pénétré jusqu'au cœur, sans
laisser sur ses vêtemens la plus légère trace de son
passage. Cette créature, qu'on dit avoir été si
violente, aurait reçu le coup de la mort avec le

calme et le silence d'un agneau qu'on égorge.
Celui qu'on accuse d'être son assassin, aurait maîtrisé le sang qui a dû jaillir d'une plaie profonde,
au point que pas une tache n'eût souillé la robe
que portait la victime, ni l'uniforme dont le
meurtrier était revêtu. Si ce récit est exact, quel
peut être le motif d'une action aussi noire ? Ce
n'est pas l'intérêt, la malheureuse ne possédait
rien et ne vivait que de son déshonneur : ce n'est
pas l'emportement, les voisins les plus proches
n'ont entendu ni plainte ni querelles.

P. S. Les dépositions des témoins, le rapport
des médecins, loin de dissiper les nuages répandus
sur cette étrange affaire, comme nous l'espérions,
n'ont fait que les rendre plus épais. Dans le doute
où flottait notre esprit nous avons su gré aux
jurés d'avoir préféré de rendre l'honneur à un
militaire jusqu'alors estimé de ses chefs, au danger d'immoler un innocent à l'opinion de la multitude. Mais ce qu'il y a de plus clairement démontré dans cette cause, c'est que l'homme qui
a le malheur de se laisser dominer par des passions viles, court le risque de siéger un jour sur
le banc des accusés, de devenir victime de l'erleur des jurés s'il est innocent, ou d'être celle de
la sévérité des lois s'il est criminel.

Puisse cette terrible perspective écarter la jeunesse de ces lieux de débauche et de corruption, où la morale se déprave, et où les vices les plus honteux étouffent tous les genres de vertu.

JUSTIFICATION DE L'AUTEUR SUR LE GENRE DE SON DERNIER OUVRAGE.

Plusieurs peronnes qui m'honorent de leur estime, après avoir lu mes Méditations, m'ont reproché de n'avoir pas donné assez de développement aux sujets que j'ai traités, de n'avoir pas mis entre eux assez de suite et de liaison. Sans désapprouver leur censure, je leur dirai, à l'exemple de l'auteur de la Nouvelle Héloïse : J'ai connu l'esprit de mon siècle et j'ai plus effleuré la morale que je ne l'ai approfondie, j'ai glissé sur les questions de politique pour n'avoir pas la destinée de Mably qu'on ne daigne plus lire ; le sort des productions enfantées par la sagesse des solitaires de Port-Royal m'a effrayé, et j'ai couru sur les matières de religion comme sur un brasier ardent. Qu'aurai-je dit de mieux en métaphysique que Condillac, qu'on ne médite pas assez, en littérature que de La Harpe, dont on suit si rarement les préceptes ? De ce qui constitue la véritable éloquence, que le noble panégyriste de Marc-Aurèle, dont il est plus aisé de dépriser le talent que de s'élever à sa hauteur ; des principes de la législation universelle que l'immortel Montesquieu , auquel on veut bien accorder de l'esprit, pour s'arroger le droit de lui contester son génie. Si l'on veut remonter à l'origine de la création, quel guide plus sûr que le sublime organe de la nature; il appelle à lui toutes les espèces vivantes ; elles accourent à sa voix ; il les passe en revue et les signale en traits ineffaçables. C'est en vain que plusieurs de ses ingrats disciples essayent aujourd'hui de ternir la mémoire de leur maître , parce que de nouvelles découvertes paraissent contrarier son ingénieux système, il ne les dominera pas moins par la force de sa pensée, par la pompe de son style, et par la richesse de ses couleurs.

Mais je m'aperçois que je me laisse entraîner par le plaisir de venger d'illustres morts de l'oubli ou de l'injustice des vivans.

Puis-je ignorer que tout ce qui exige de la contention d'esprit est abandonné à la gravité des penseurs devenus étrangers au monde ? ce ne serait pas eux qui donneraient de la célébrité aux compositions littéraires. De quels ouvrages s'entretient-on dans nos cercles ? de ses feuilles semipériodiques qu'un parti élève aux nues, qu'un autre voudrait enfoncer dans la fange. J'admire encore la hardiesse de l'auteur qui vient de nous donner une nouvelle histoire de Venise : j'ai lu tout entier cet ouvrage, et je regrette que nos fougueux démagogues, que les superbes partisans de l'aristocratie, n'aient pas le courage de surmonter l'effroi qu'ils doivent éprouver à la vue d'une histoire écrite en sept gros volumes. Ils seraient convaincus qu'il n'y a d'espoir d'une paix durable, d'une sécurité parfaite que dans une monarchie aussi sagement constituée que la nôtre et qui servira un jour de modèle à toutes celles de l'Europe. (1)

Hélas! dans le moment où j'achève cet écrit, la France qui devrait être si calme, est agitée par une nouvelle tempête ; l'écume des flots s'attache à elle, obscurcit sa beauté; mais bientôt le soleil de la justice la purifiera dans toutes ses

---

(1) La lecture de cette nouvelle histoire, bien supérieure à celles qui l'ont précédée, m'a prouvé que dans le tableau que j'ai tracé de la constitution de ce peuple de Venise, je n'ai rien omis de ce qui caractérisait son gouvernement ombrageux, qui s'est écroulé sous le poids d'une puissance impériale, qui s'est anéantie elle-même dans un abîme qu'une ambition gigantesque a creusé sous ses pas.

parties, et semblable à l'un des chefs-d'œuvres de l'art, elle n'aura plus alors que des admirateurs.

RÉPONSE DU SPECTATEUR A DEUX QUESTIONS D'UN INGÉNU.

Serait-il vrai, Monsieur, que parce qu'un orateur de l'assemblée se serait fait inscrire pour parler en faveur d'une proposition royale, ou pour la combattre, il fût irrévocablement condamné à persister dans l'opinion qu'il aurait paru adopter, et qu'il ne lui fût plus permis de revenir à une opinion contraire, quand bien même les discours des préopinans lui auraient fait sentir qu'il avait été d'abord induit en erreur? Enfin, n'y aurait-il pas un moyen de concilier ce qu'on aurait cru de son honneur de soutenir avec le sentiment d'une conscience plus éclairée? Telles sont les questions qu'un modeste ami des bons principes vient de m'adresser.

Voici ma réponse : Quelque promesse qu'on ait faite, quelqu'engagement qu'on ait pris, on n'est jamais excusable de persister dans un système, dont la fausseté ou le danger nous est démontré. Le retour à la vérité est le plus bel hommage que l'intelligence humaine puisse ren-

dre à la raison. Aussi ai-je trop bonne opinion
de la loyauté de plusieurs orateurs qui ont déjà
exprimé leur avis, ou qui doivent le proclamer,
pour n'être pas convaincu qu'il en est beaucoup
qui n'hésiteront pas à manifester ce retour gé-
néreux. S'il en était cependant quelques-uns
parmi eux qui craignissent d'être accusés de
manquer de fermeté dans leurs principes, de
désertion à une cause qu'ils avaient juré de dé-
fendre, ils pourraient écarter le mal qui résul-
terait d'une funeste persévérance, en glissant
dans l'urne un suffrage opposé à celui que
le parti auquel ils avaient eu le malheur de
s'aggréger, attendait de leur engagement. Par
cette innocente simulation, ils tromperaient l'espoir de ceux qui se proposent de faire entrer la
démocratie dans un Gouvernement monarchique
qui deviendrait alors trop faible pour protéger
l'honneur, la liberté, la fortune de ceux qui mé-
ritent seuls d'être comptés au nombre des véritables citoyens.

TABLE

DES MATIÈRES.

FIN DE LA TABLE.

www.ingramcontent.com/pod-product-compliance
Ingram Content Group UK Ltd.
Pitfield, Milton Keynes, MK11 3LW, UK
UKHW022214070726
13613UKWH00004B/1658